壞蛋聯盟

5

星際臭屁

文、圖／艾倫·布雷比 譯／黃筱茵

主編／胡琇雅 美術編輯／xi 行銷企畫／倪瑞廷

董事長／趙政岷 第五編輯部總監／梁芳春

出版者／時報文化出版企業股份有限公司

108019台北市和平西路三段240號七樓

發行專線／（02）2306-6842

讀者服務專線／0800-231-705、（02）2304-7103

讀者服務傳真／（02）2304-6858

郵撥／1934-4724時報文化出版公司

信箱／10899臺北華江橋郵局第99信箱

統一編號／01405937

copyright © 2022 by China Times Publishing Company

時報悅讀網／www.readingtimes.com.tw

法律顧問／理律法律事務所 陳長文律師、李念祖律師

Printed in Taiwan

初版一刷／2022年03月04日

版權所有 翻印必究（若有破損，請寄回更換）

採環保大豆油墨印製

壞蛋聯盟5：不可能的任務 ／ 艾倫.布雷比(Aaron Blabey)

文.圖；黃筱茵譯. -- 初版. -- 臺北市：時報文化, 2022.03

　冊；　公分

譯自：The bad guys episode. 5 : mission unpluckable

ISBN 978-626-33-5063-2(平裝)

887.159　　　　　　　　　　108004593

壞蛋聯盟

文·圖/
艾倫·布雷比
·AARON BLABEY·

5

星際臭屁

我們開始了嗎？好的。

這是 **蒂芬妮・毛茸茸**

為第六新聞頻道做的現場報導。

我們的電視台已經毀了，

但我們會盡可能為各位繼續播報。

目前的狀況是這樣的……

蒂芬妮・毛茸茸
第6新聞頻道

嗯，會把你吃掉的殭貓很可怕，

可是相較之下，牠們根本**不算什麼**。

現在全世界都是**到處橫行**的

殭狗、殭馬、殭豚、殭兔還有……

沒錯，**更多**殭貓！

我們認為這都是**邪惡**的

橘子果醬博士幹的好事，

可是他已經**消失無蹤**了！

另外，最近才在 **狗狗看守所** 和
向陽養雞場 引起軒然大波的那幾隻怪物
試圖說服當局他們 **曉得** 橘子果醬博士的藏身地點。

請看以下畫面⋯⋯

警官！
請聽我說！

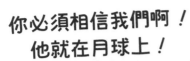

你必須相信我們啊！
他就在月球上！
他有一具武器，
叫可愛激化光，
武器就在月球上！

呃，
你在說什麼鬼話……

對，你沒聽錯。

他們聲稱橘子果醬

在月球上。

我覺得我現在是代表所有人發言：

狼仔，給我聽好！

這個世界要完蛋了，我們需要

英雄！

我們才**不需要**一群

發臭又

謊話連篇的⋯⋯

·第1章·
載我去月球

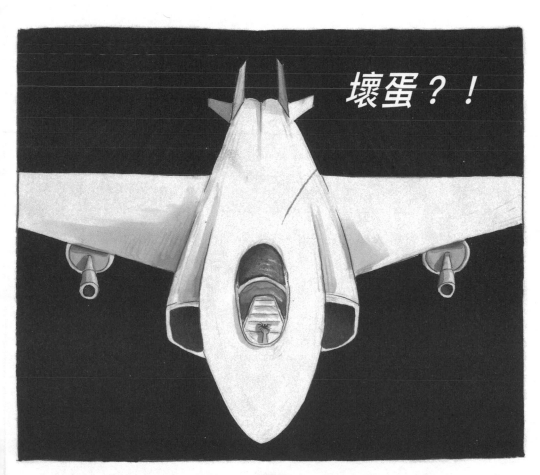

你知道你該怎麼辦嗎？

你可以吃一個美味的

墨西哥捲餅。

食人魚，你在做什麼呀？

兄弟，我在用鮮美多汁的
肉肉豆子口袋捲餅
振奮大家的精神呀。

真的很好吃喔，
我已經吃了**六個**啦。

世界都要毀滅了，
你怎麼還吃得下呀？

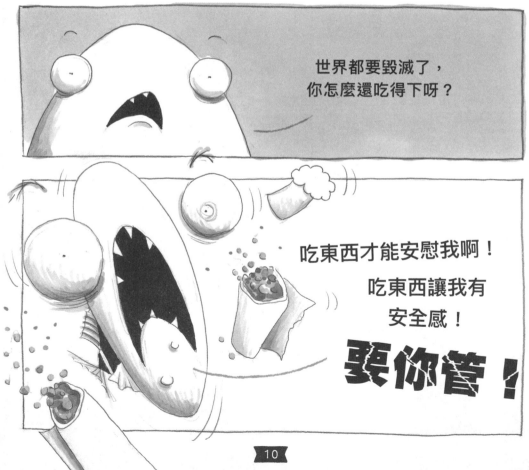

吃東西才能安慰我啊！

吃東西讓我有
安全感！

要你管！

食人魚，
放輕鬆一點嘛。
狐狸探員，
我們該怎麼辦？

對呀，我們**該**怎麼辦？
我還以為妳應該是什麼
大咖祕密特務。
為什麼也沒人聽妳話咧？

我覺得**國際**
英雄聯盟
也不過是一大群⋯⋯

食人魚，謝啦。

沒什麼啦，兄弟。

蛇先生，我們剛認識的時候我就跟你說過了，

國際英雄聯盟

是祕密組織。

官方單位根本不曉得我們存在。

那就是為什麼我們需要另尋管道

解決這個問題……

嘎哇！

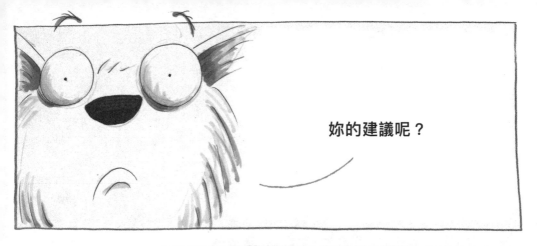

妳的建議呢？

我們得……
借一艘火箭然後

自己上月球。

借？

她的意思是 **偷**啦。

什麼？！噢不行，不行，**不行啦！**

那不是計畫的一部分。

如果我們去**偷**東西，

就沒人會相信我們是**英雄**了。

何況是火箭！

我是說，如果我們**偷走**

一整艘太空船，

一定會有人**發現**的！

我才不幹。

狼先生，仔細聽好了。
世界就要毀滅了。

唯一能阻止世界毀滅的辦法，

就只有上月球。而且**我們**

是唯一知道真相的人。

如果我們不去

借太空船，

毀滅可愛激化光……

……**地球上
所有生物
都會死**。

句點。

好吧，如果妳這樣說……
可是我們之後會還嗎？

如果完成這次任務後我們還活著，
而且**拯救了地球**的話，
我很確定他們一定會讓我們保有太空船。
不過沒錯，
我們會努力把太空船帶回來的……

完好無缺嗎？

嗯……當然啦。

好吧，我猜那樣
也挺酷的。

所以，我們需要
找到一艘太空船，
想一個計畫
溜進太空船，
接著妳就會載我們
飛到月球？

嗯，沒錯。
除了最後那個部分以外啦。
我不會操作太空船耶……

什麼？！

如果妳不會操縱火箭，
那這個蠢計畫要怎麼進行啊？

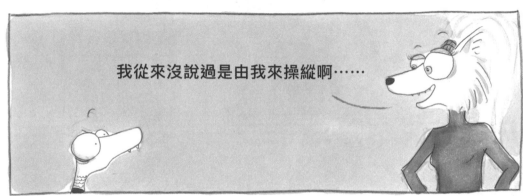

我從來沒說過是由我來操縱啊……

可是還有
誰會嘛？！

·第2章·
我們升空略

發射基地
禁止進入

狐狸特務，妳確定要這樣做嗎？

……火箭？

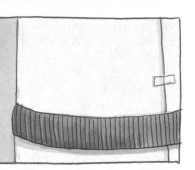

長官！我們奉命
將這枚火箭助推器運到
那艘太空船上！
這個世界真是瘋了，
對吧？

這枚火箭助推器
還真小啊……

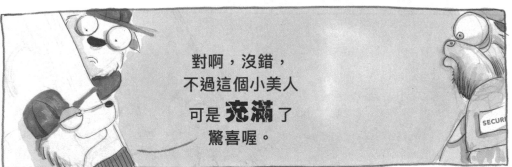

對啊，沒錯，
不過這個小美人
可是**充滿**了
驚喜喔。

隨你
吧……

哇，實在太神奇了！
妳是怎麼辦到的？！

狼先生，這完全是

自信 問題。

只要你相信自己辦得到，
其他人也都會相信。

是喔是喔，
我還真樂意多聽一點
這種激勵人心的演講，
可是可以拜託你們
趕快把我們弄出去嗎？！

好的，阿蛇。
等一下喔……

以下畫面也許會讓你想把頭轉開喔……

你覺得**那樣**很噁心？！
你可沒有跟一隻狼蛛和一隻
帶了一袋臭兮兮墨西哥捲餅
的笨蛋食人魚
一起關在鯊魚肚子裡欸！

嘿！不准你說我捲餅的壞話！
我又不曉得他們這艘太空船上提供哪種食物，
我才不要冒這個險哩！

我的老天！那你帶了
多少捲餅啊？！

足夠的分量！
你只需要知道這樣就好！
我已經受夠了！

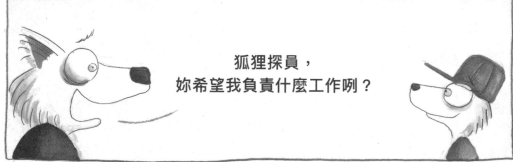

狼先生，
那不是由我來決定呢。
這是**你**的任務。

什麼？

妳是說……

妳不去？！

有人得待在這裡
對抗殭屍動物呀……
就是我們——

不！沒有你們，
我們怎麼辦得到？
我們就連 半 個英雄
也算不上啊！

你們比自己想像中更像我們！
事實上，
我們以前 也跟你們一樣。
也許將來有一天
我會告訴你這故事。
可是現在，
你們得去拯救世界。
我們就靠你們了。
我們沒辦法拖住
這些殭屍動物太久……

狼仔！快點啊！
我們 現在 就得
離開這裡了！

狼先生，我為你感到驕傲！
祝你好運！

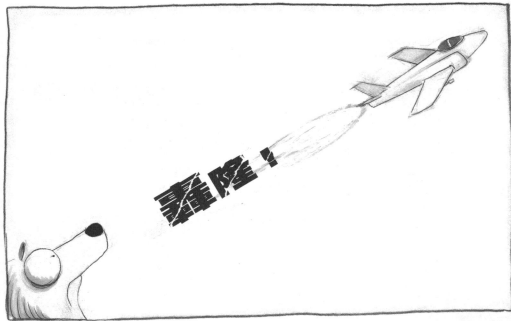

轟隆！

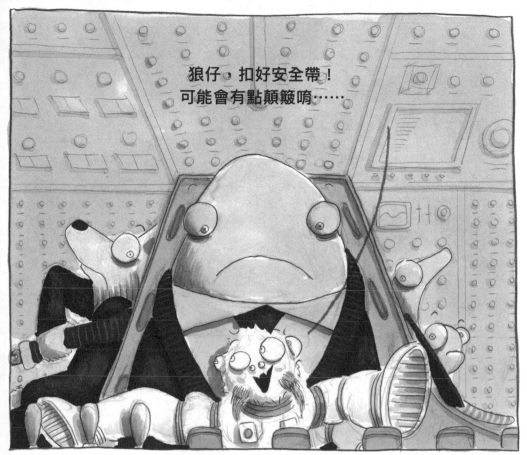

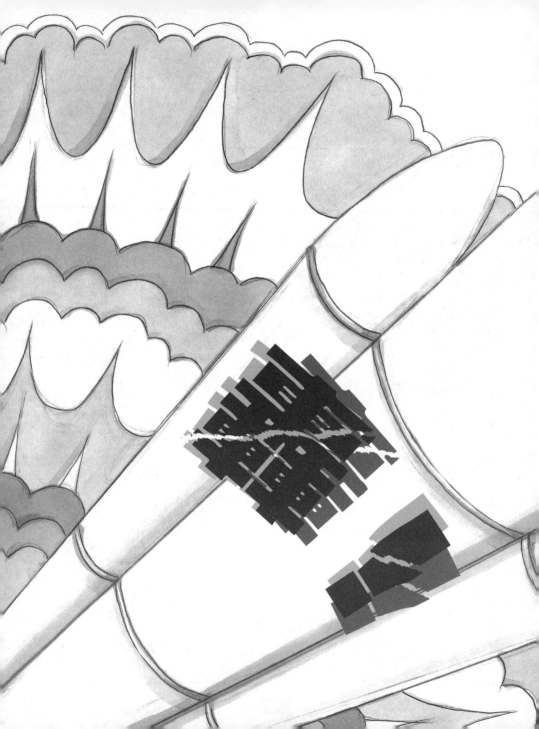

我們升空了！

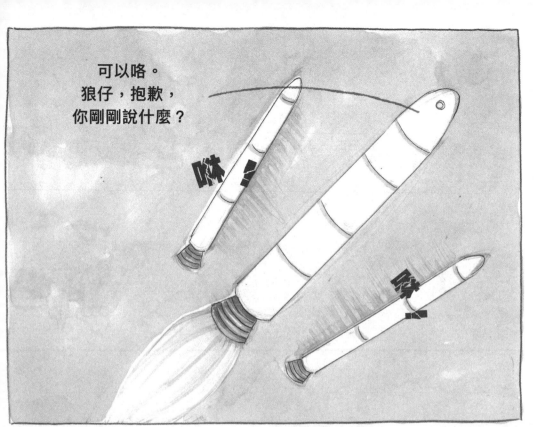

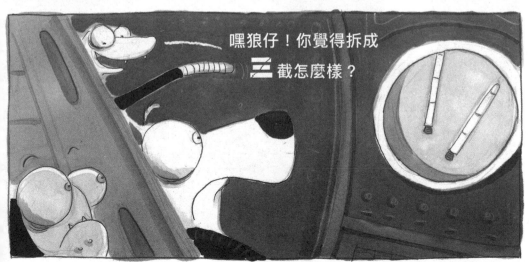

·第3章·

0重力，0嫉妒？

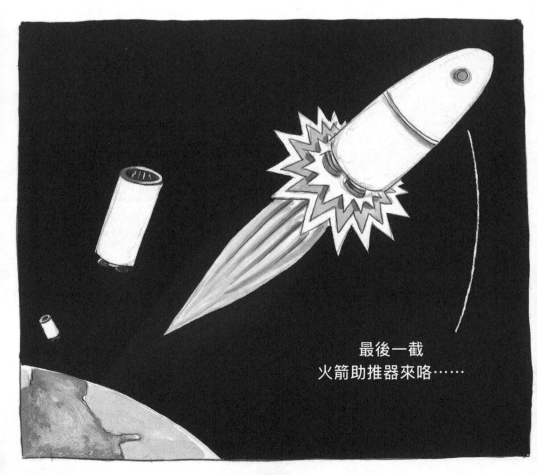

最後一截
火箭推助器來咯……

你是認真的嗎？！

狼仔，那是最後一截了啦，
我保證，太空船其他部分會保持完整。
不過嘿，你看！
零重力欸！
我們來漂浮一下吧！

噢天啊。兄弟們，我好怕。
我們**偷**了這艘火箭讓我感覺好糟。
更不用說全世界的命運
都掌握在我們手中。
還有狐狸特務……
唉……她不在這裡。
我需要一個預兆，
告訴我我們做的事是對的！
神啊！**給我一個**
預兆吧……

嘿,小子!
我捲餅的袋子爆開了。
接住喔,你行吧?

食人魚,
別鬧了!

你到底吃了多少捲餅啊?!

還是別講出來
比較好內……

狼仔，你不要因為自己
害怕就逼他啦。

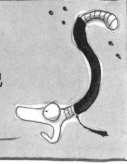

對不起嘛！我又不曉得
當英雄壓力這麼大……

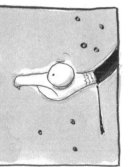

隨便啦！

是**你**一直害我們惹上
這些**麻煩**欸，
所以你給我清醒一點！
如果我們活下來，
你的寶貝狐狸特務會給你**親親**。
如果我們沒有……
欸，又沒差，對吧？

蛇仔，你知道嗎？

怎樣？

每次你講到狐狸特務，
聽起來都很**嫉妒**。

啥？！
你覺得我嫉妒狐狸特務
把這個笨蛋當作小甜心？

不。
我覺得你嫉妒狼先生
比較喜歡她，
比較不喜歡**你**。

我隨便說說啦。

還有，狼仔啊……

蛤？

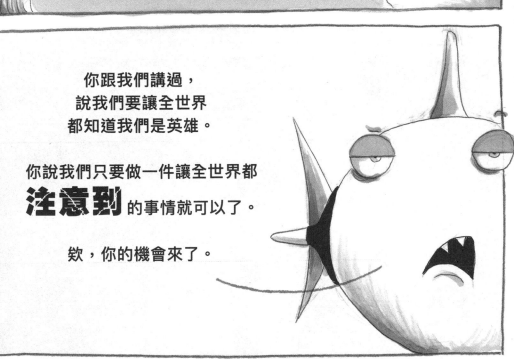

你跟我們講過，
說我們要讓全世界
都知道我們是英雄。

你說我們只要做一件讓全世界都

注意到 的事情就可以了。

欸，你的機會來了。

別毀了這個機會啊，老兄。

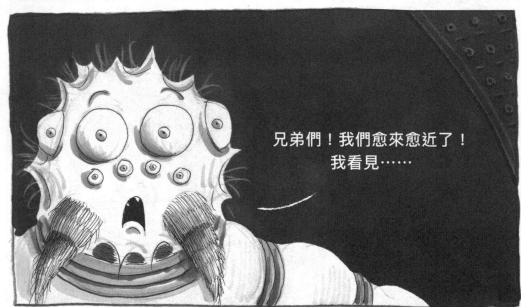

兄弟們！我們愈來愈近了！
我看見……

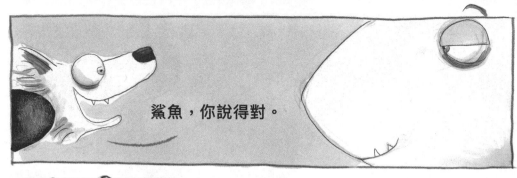

鯊魚，你說得對。

不，他不對！

啥？

我沒有嫉妒！

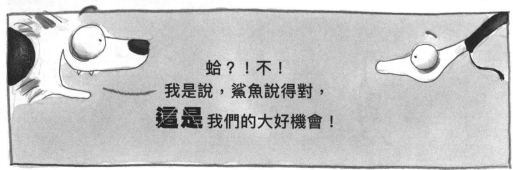

蛤？！不！
我是說，鯊魚說得對，
這是 我們的大好機會！

噢。對啦。
都可以啦。

這就對了，兄弟們！
我要下去穿好

太空裝。

現在該來當……

我才沒有嫉妒哩。

好啦好啦，知道了啦……

·第4章·
蛇蛇只想到自己

好咯，大夥兒，
我要準備降落了喔。

外面看起來很安靜。
狼仔，
你還在底下的**裝卸區**嗎？

你得快點上來咯，
降落可能會有點震盪唷⋯⋯

噢，好啦！
腿兒，我只是有點興奮而已！
穿這種太空裝真的讓人覺得自己很像
英雄欸！
居然還有**噴射背包**！
實在太棒了！

對啦，欸，別再玩了，
快點……

吱！

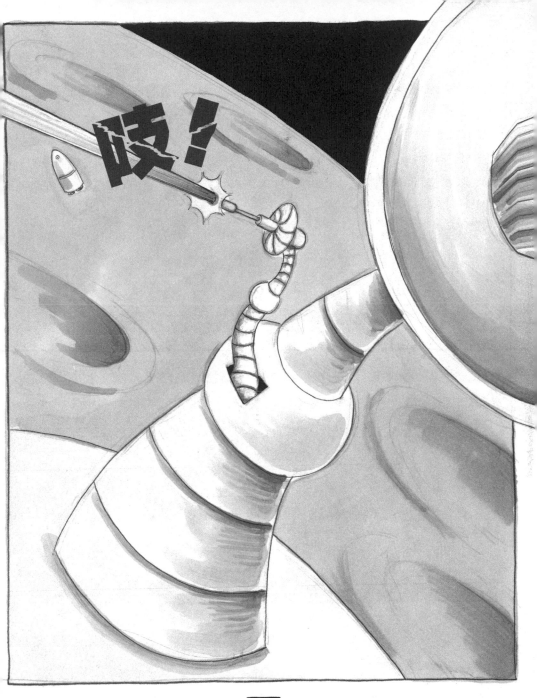

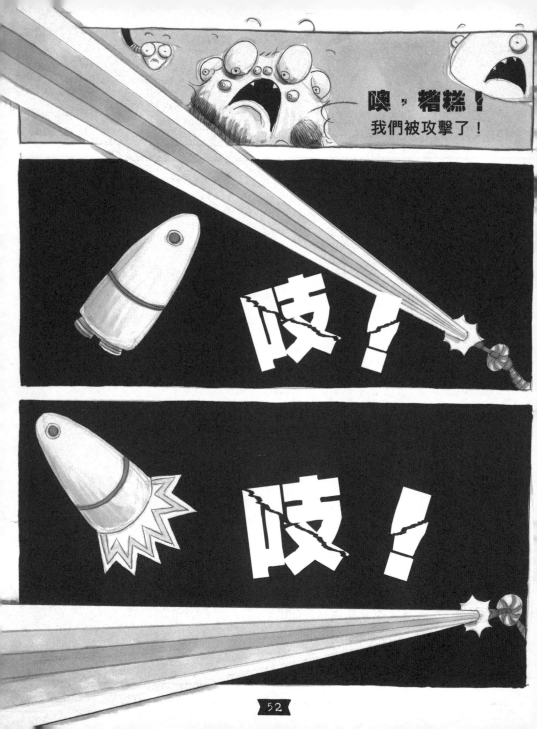

我們被
擊中了！

蛇仔！等一下！
狼仔還在底下！
你會把他困住的！

如果不封鎖……
我們全都會
死呀！

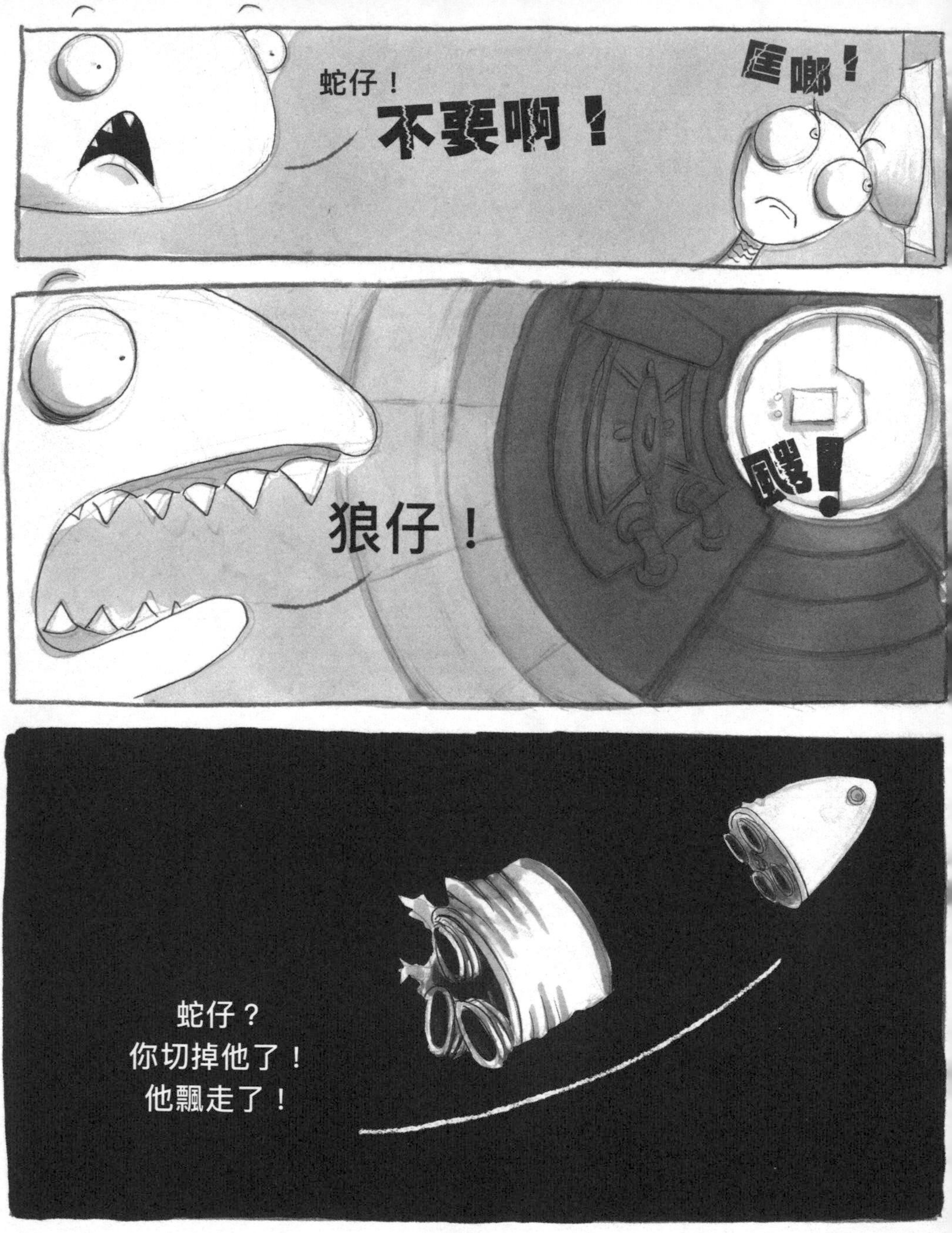
蛇仔！
不要啊！
匡啷！
狼仔！
颼！
蛇仔？
你切掉他了！
他飄走了！

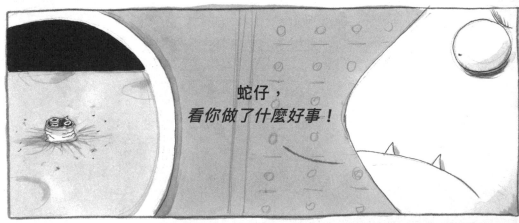

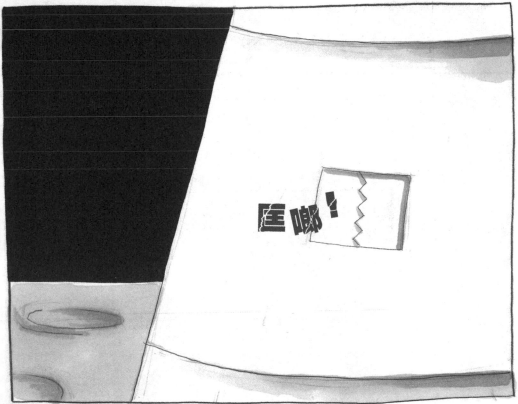

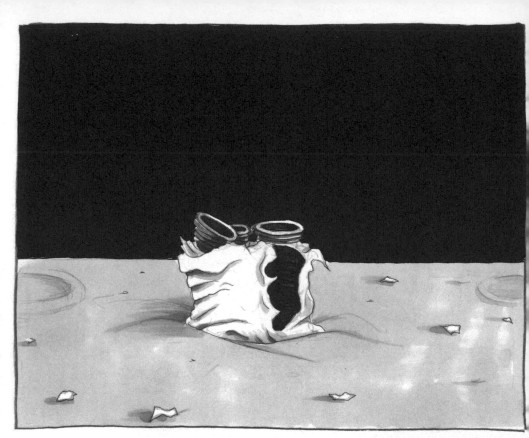

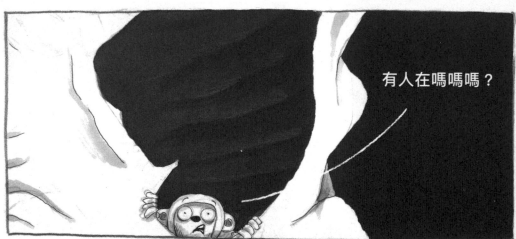

有人在嗎嗎嗎？

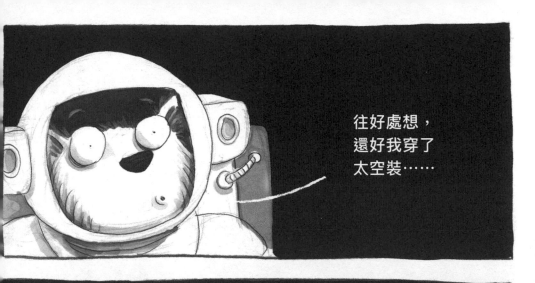

·第5章·
又被捆住啦……

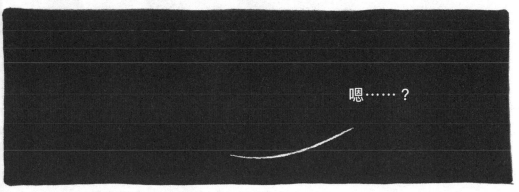

嗯……?

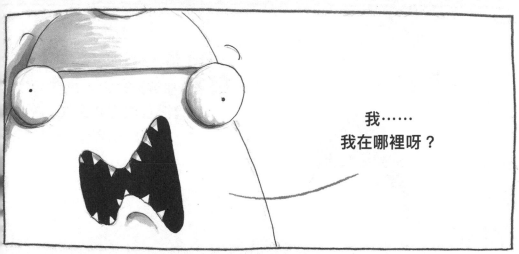

我……
我在哪裡呀？

噢，老兄。
這看起來不妙啊……

我不懂。為什麼橘子果醬**每次**都有辦法把我們弄昏，還把我們綁起來？他那麼小欸！

鯊魚先生，我的確很小。

可是我比你**聰明**。

而且**比你邪惡** 多啦 。

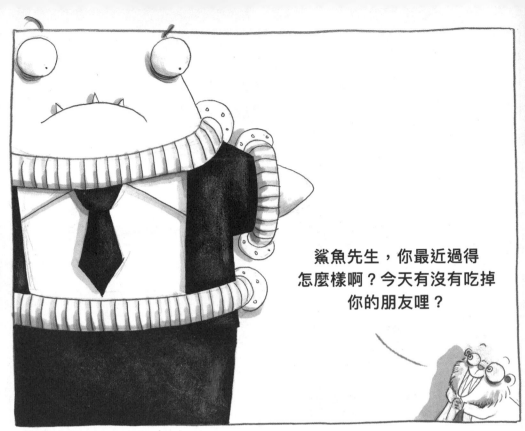

鯊魚先生，你最近過得
怎麼樣啊？今天有沒有吃掉
你的朋友哩？

不關你的事，
你這個邪惡的瘋子。
世界就要毀滅了，
都是**你**的錯！

還有……狼先生……
你看到我們親愛的狼先生
發生什麼事了嗎……

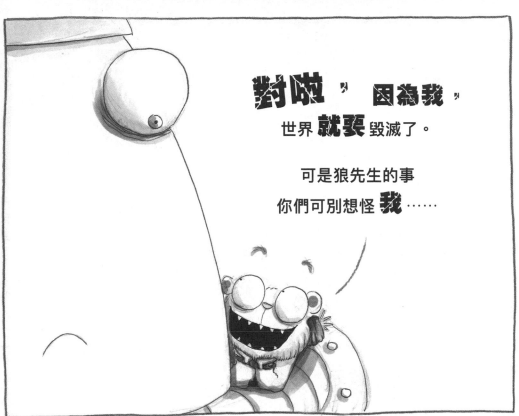

對啊，因為我，世界就要毀滅了。

可是狼先生的事你們可別想怪我⋯⋯

我們全都知道那要怪誰好嗎。

對吧？蛇先生。

別煩我。

他說得對，你這個小怪物！
狼先生的事**是**你的錯。
是你殺了他！是你關上那扇門，
他連一點機會都沒有……

**我現在
動彈不得，
算你好運！**

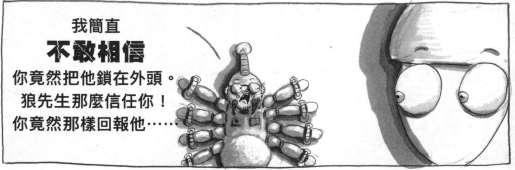

我簡直
不敢相信
你竟然把他鎖在外頭。
狼先生那麼信任你！
你竟然那樣回報他……

兄弟，你傷了我的心。

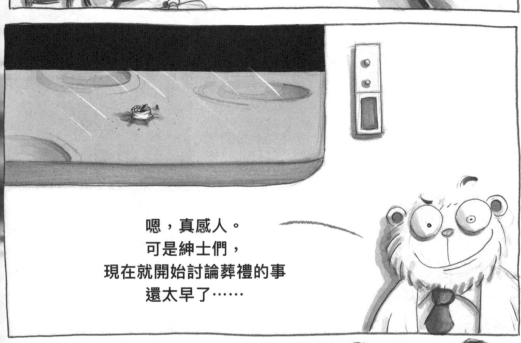

嗯，真感人。
可是紳士們，
現在就開始討論葬禮的事
還太早了……

我們來特寫一下，
可以吧？

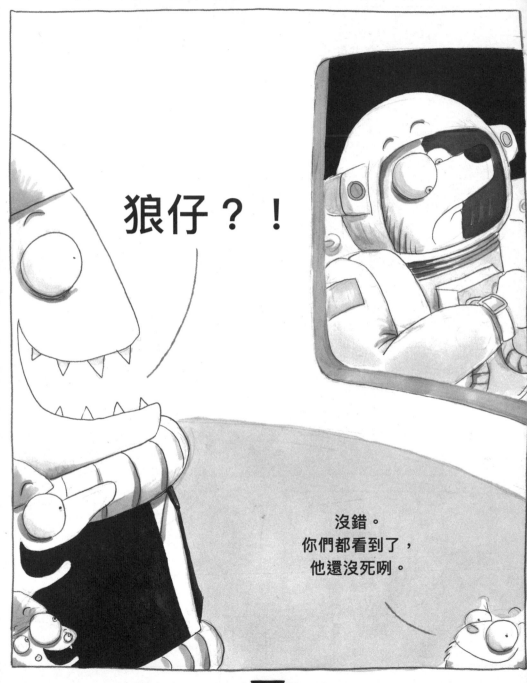

他還活著？！狼仔還活著！

ㄟ，對也不對啦。
你們看見了，
他的氧氣快用光了。
確切來說，再八分鐘，
他就不是英雄了⋯⋯
永遠不是啦。

快讓他進來！橘子果醬博士，
拜託你了！拜託！
狼先生是我們認識
心地最善良的人⋯⋯

噢，好吧，
如果你這麼說的話，
那⋯⋯

……才

不要哩！

我覺得看他
把氧氣用光好玩多了。

尤其是你知道這

全都是你的錯。

你這個怪物！
要不是我被捆住，
我就——

你就怎樣？

你就在我身上哭哭嗎？

腿兒，你給我安靜一點，

否則我就拔掉
你所有毛茸茸的手腳 ，

他們就得叫你 「**屍體**」 了。

嘿⋯⋯等一下⋯⋯

閉嘴，
你這個膽小鬼，
我才不需要
你幫我求情。

不是啦，不是啦，聽我說一下嘛⋯⋯

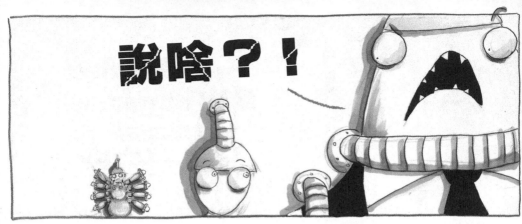

有誰知道食人魚
上哪兒去了嗎？

第6章

噢，糟糕，只要
不要那樣就行……

好，鎮定一點。
你還剩下七分鐘的
氧氣可以用。
要想出一個計畫，
時間還 **很充裕** 哩……

啊啊啊啊啊！
那是什麼？！
我的衣服裡有東西！

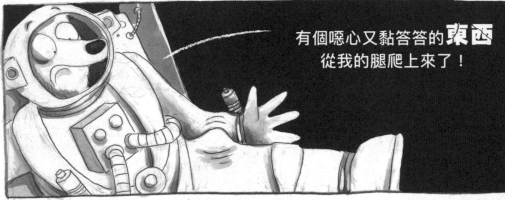

有個噁心又黏答答的**東西**
從我的腿爬上來了！

噢，
**救郎喔！
這是什麼
恐怖的
東西？！**

嗯……

你怎麼會
在我太空裝裡？

兄弟，
說來有一點糗啦……

我們只剩下
七分鐘的氧氣——
有屁快放啦！

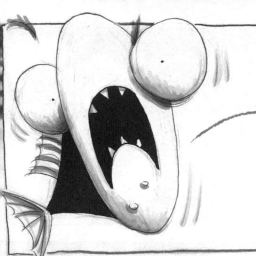

好啦！

我吃了太多捲餅，
需要一個地方便便嘛！

抱歉，
你可以再
複述一遍嗎？

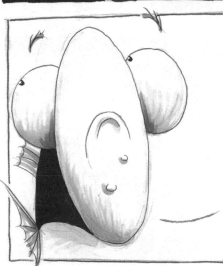

我需要一個地方把捲餅
大出來嘛，
**所以我決定
在太空裝裡便便**。

你在這套太空裝裡便便了？！

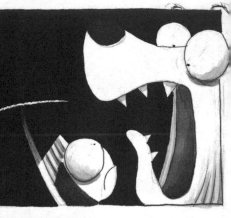

不是啦！

我是**準備**要便便，
可是後來你就爬進太空裝了！
結果我就不曉得接下來
該怎麼辦了……

可是你一開始為什麼
會想在太空裝裡便便嘛？！

這是太空裝欸！

誰會在太空裝裡
便便呀？！

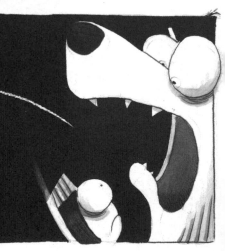

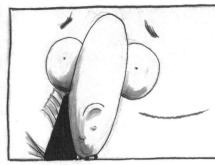

我又不確定在太空船裡
要去哪裡上廁所……

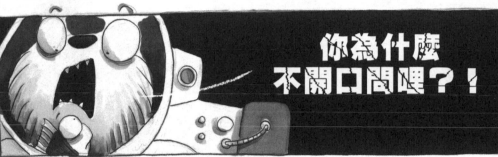

你為什麼
不開口問哩？！

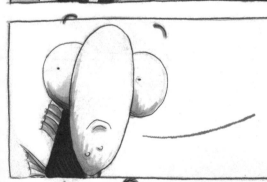

那樣好像更好吼……

你到底有什麼
毛病啊？！

警告！
再五分鐘氧氣
就會用完！

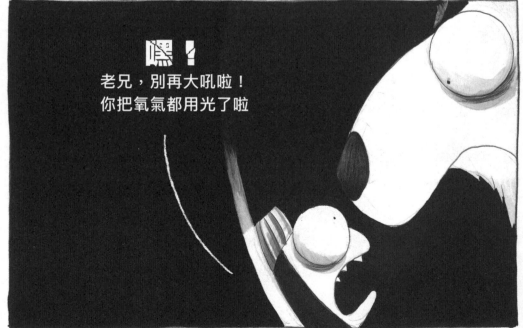

嘿！
老兄，別再大吼啦！
你把氧氣都用光了啦

知道我們為什麼會沒氧氣嗎？
因為這裡有個
便便強盜把一半的氧氣
都用光啦！

這就是為什麼！

狼仔，聽我說。

如果**有誰**有辦法把我們
從這團混亂中解救出去，
那個人就是你了。

可是小子，
你需要冷靜下來。

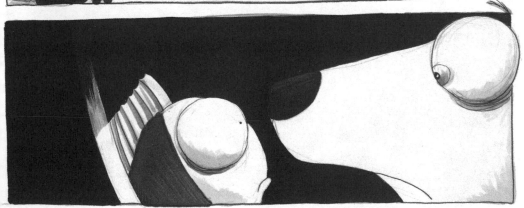

情況不會更**糟**了嘛，
對吧？

說得對！
不會更糟了！

那是什麼聲音？！

那是什麼聲音呀？

噗！

那個呀！那個聲音呀！
還有⋯⋯還有⋯⋯那個⋯⋯
可怕的**味道**⋯⋯

食人魚！
你剛才是不是
在太空裝裡
放屁？

小子，我吃了**那麼多**
墨西哥捲餅耶。
捲餅裡頭有**粉多**豆子欸，
你瞭吧？

別再放屁了啦！
這是 **太空裝欸**——
味道就跟 **我們一起**
包在裡面耶！
我不想這樣死掉啊！

對不起嘛，兄弟！
都是豆子的錯！

噗！

不要啊啊 啊啊 啊啊 啊啊 啊啊 ！

第7章

太空裡根本沒人聽得見你放屁啦

噢，糟糕！
看看他的臉！
他沒氧氣了啦！
他沒辦法呼吸了！

橘子果醬博士，拜託啊！請你救救他！
你看！他痛苦得不得了呀！

怪了，
他還剩下四分鐘
的氧氣啊。

到底是
出了什麼問題？

噗！

你這個瘋子，
別再放屁了啦！
我沒辦法呼吸了！
我的眼睛開始
流眼淚了……

小子，我很努力克制了，
可是我吃了**37個捲餅**欸。
我實在沒辦法讓我的屁
停下來呀……

我頭好暈⋯⋯這個味道⋯⋯
我不行了⋯⋯實在太恐怖了⋯⋯

食人魚先生，
當然是當 **英雄** 啊！
我想到一個
主意了……

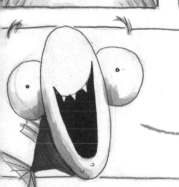

太棒了！什麼主意？

我需要你再 **多** 放點屁！

好吧，雖然我是不懂那有什麼用……

你知道為什麼嗎？

不，我真的不懂……

因為我有一個**噴射背包**，
然後**那是**一具又**大**又**可怕**的
死亡射線機器，
然後**你**又把這套太空裝
裝滿**有毒的氣體**，
這些加起來會等於什麼咧，
食人魚先生？

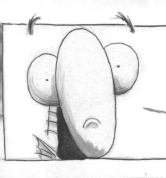

我不知道內……

不要緊。
你只管繼續放屁就對了，
我會想辦法
炸掉這座機器……

噢，等一下！
我懂了！
你認為**噴射背包**的**火焰**和
我的**臭屁氣體**會造成**爆炸**，
毀掉可愛激化光！

沒錯！

可是……這樣我們也不可能
活下來啊……

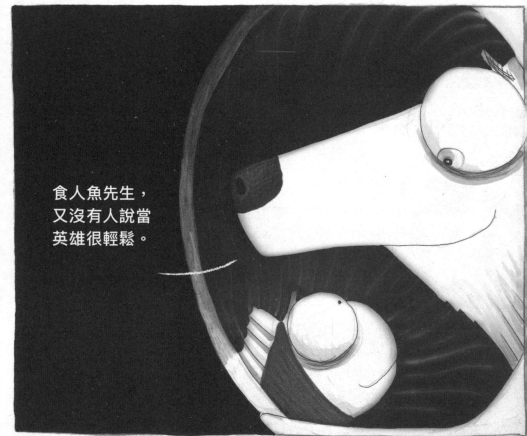

食人魚先生，
又沒有人說當
英雄很輕鬆。

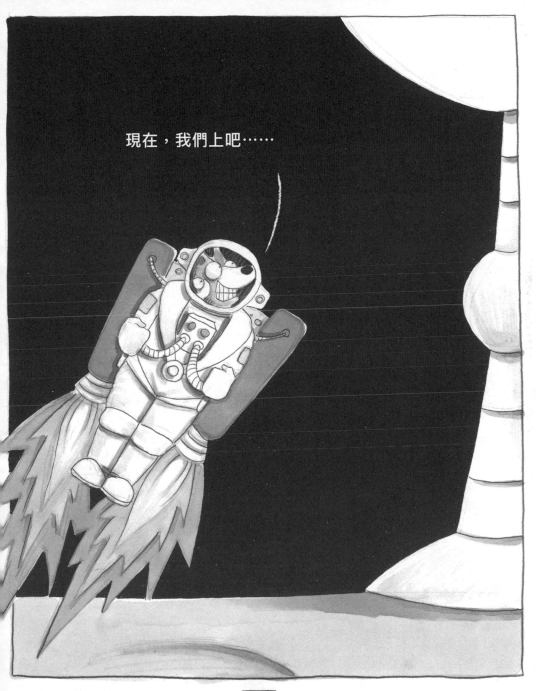

現在，我們上吧……

第8章
是時候當個英雄咯

回到地球上

身為**國際英雄聯盟**的一員當然很酷咯，不過有時候你還是會覺得這個工作其實很爛……

狐狐，怪物實在太多啦。
我早就跟你說應該由
我們開走太空船才對嘛……

相信我！
狼先生會成功的。
他會毀掉可愛激化光。

小姐，妳最好
沒說錯喔。

我很確定狼先生
現在一定已經在
施展他的完美計畫了……

食人魚，就是這樣！
繼續放呀！

噢，這樣還真可愛呀！他趁氧氣用完之前，
展開最後一次的開心之旅呢。
他真的好可愛，對吧？

他在幹嘛呀？

我⋯⋯我也不知道⋯⋯

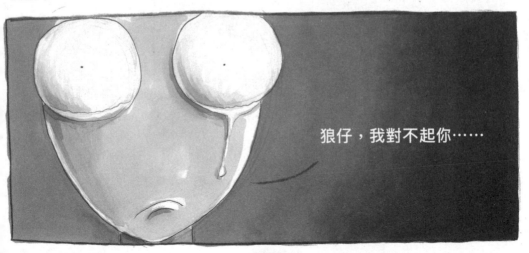

狼仔，我對不起你⋯⋯

食人魚先生，
很高興
能認識你。

我也是啊，
狼先生。

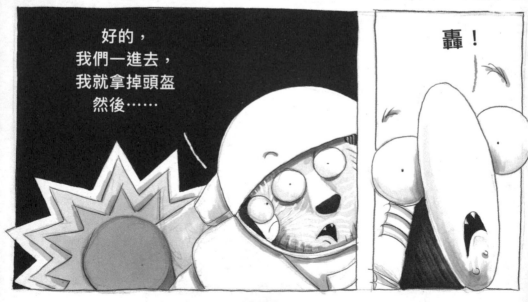

好的，
我們一進去，
我就拿掉頭盔
然後⋯⋯

轟！

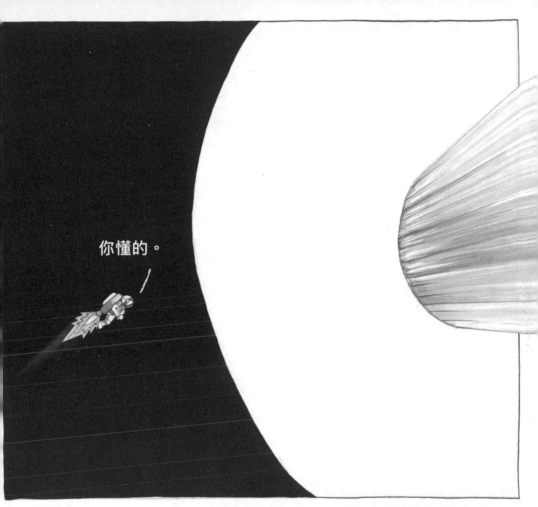

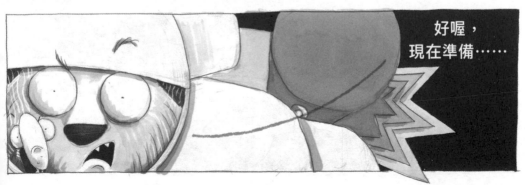

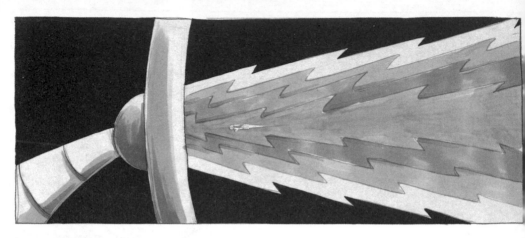

好了！
我們進來咯！

我會盡量往中心飛，
愈深入愈好……

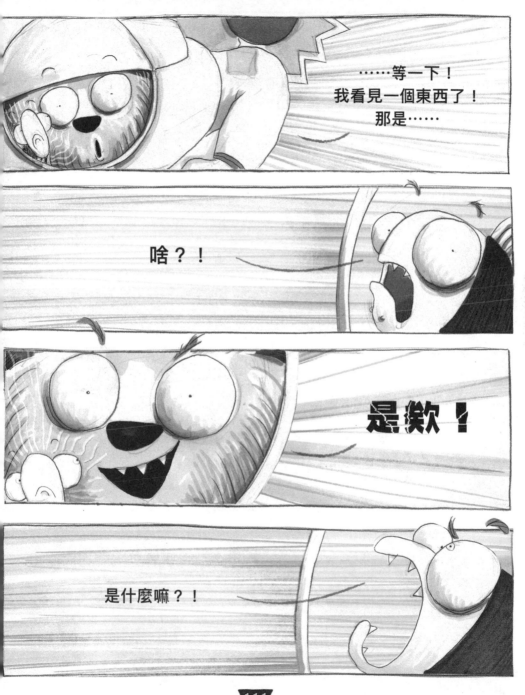

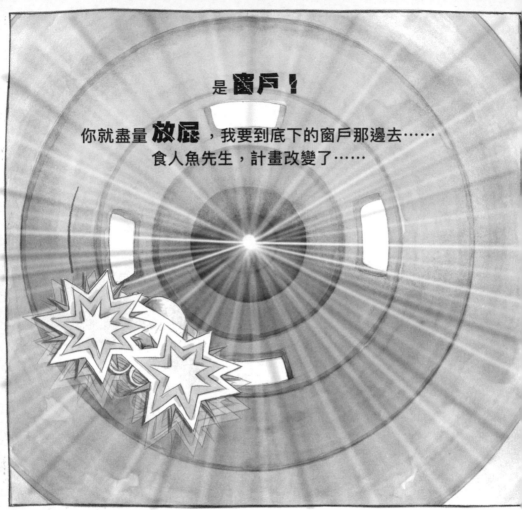

是**窗戶！**

你就盡量**放屁**，我要到底下的窗戶那邊去……
食人魚先生，計畫改變了……

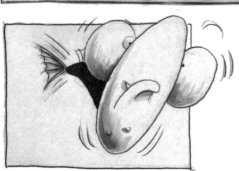

兄弟，你怎麼說我怎麼做……

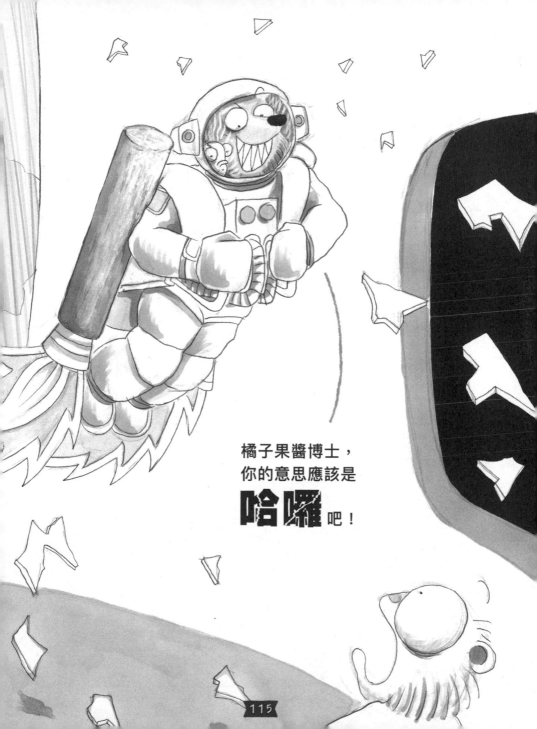

橘子果醬博士，
你的意思應該是
哈囉吧！

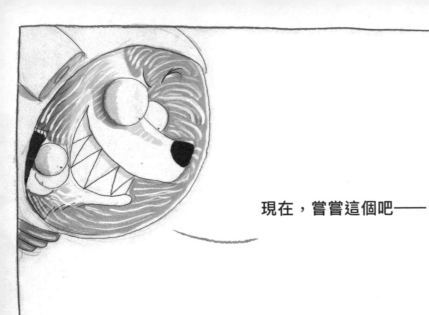

現在，嘗嘗這個吧——

喀嚓！　　　喀嚓！

老兄！多虧了
墨西哥捲餅啊。

不，等一下！放開我！
我得先做一件事……

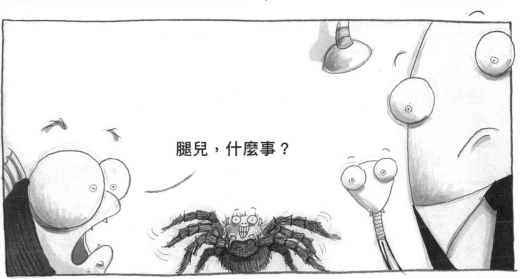

腿兒，什麼事？

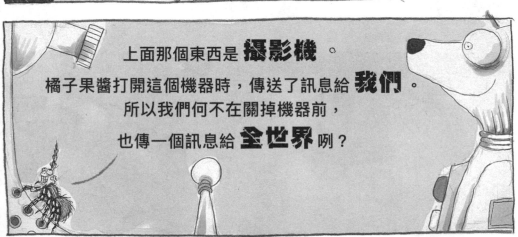

上面那個東西是**攝影機**。

橘子果醬打開這個機器時，傳送了訊息給**我們**。

所以我們何不在關掉機器前，

也傳一個訊息給**全世界**咧？

好了嗎？

狼仔，
你上鏡頭咯！

呃……
全世界的公民們！
我是狼先生，
這是我的團隊……

……好人
俱樂部！

我們真的需要取一個更好的
名字欸，對吧？

首先，我想先為未經同意
就開走火箭向各位道歉。
真的很對不起，
還有——

繼續說呀，
兄弟……

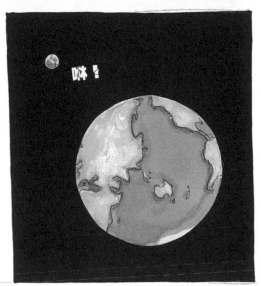

他成功了！

第9章

天竺鼠什麼時候才不是天竺鼠？

狼仔！
全世界都在慶祝啊！

我們拯救了
世界！

而且大家都 **知道** 是我們
拯救了世界欸！

兄弟們，
現在開始情況有點不一樣咯，
我們畢竟不是什麼壞蛋嘛。

我不這麼認為。

蛇仔？
你是什麼意思？

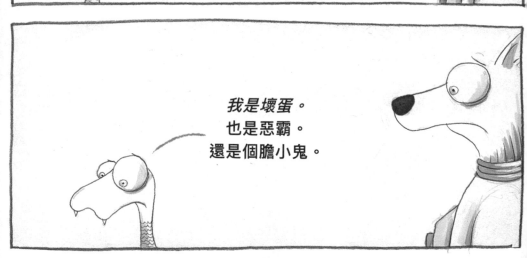

我是壞蛋。
也是惡霸。
還是個膽小鬼。

蛇仔？

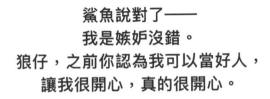

鯊魚說對了——
我是嫉妒沒錯。
狼仔，之前你認為我可以當好人，
讓我很開心，真的很開心。

可是後來那個完美狐狸特務出現了
然後……我就……感覺自己又像是從前那隻
壞咖老蛇了。

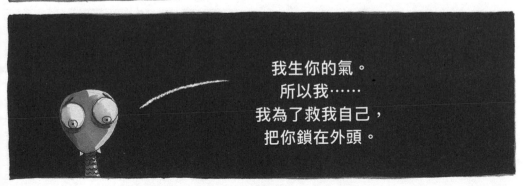

我生你的氣。
所以我……
我為了救我自己，
把你鎖在外頭。

蛇仔，你知道嗎？
我很 **高興**
你把我鎖在外頭。

什麼？

你把我鎖在外頭，
因此而解救了其他人。
當然啦，你可能不是為了要
救人才那麼做，
不過那是個起點啊，對吧？

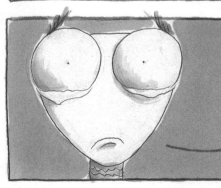

老兄，你有什麼毛病啊？
我又不是好人，
你為什麼就是看不出來呢？

我知道自己看到了什麼。
絕對不只是壞咖老蛇，
我很確定。

嘿！抱歉打斷你對蛇仔
莫名的寬容原諒，
可是先看看誰醒了好嗎！

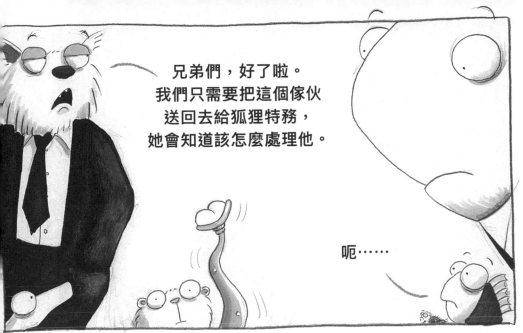

兄弟們，好了啦。
我們只需要把這個傢伙
送回去給狐狸特務，
她會知道該怎麼處理他。

呃……

……是只有我看見，
還是這隻天竺鼠
真的長出了

觸手，
尾端還有
屁股？

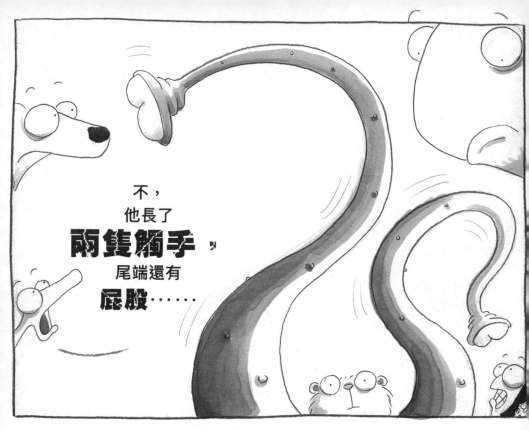

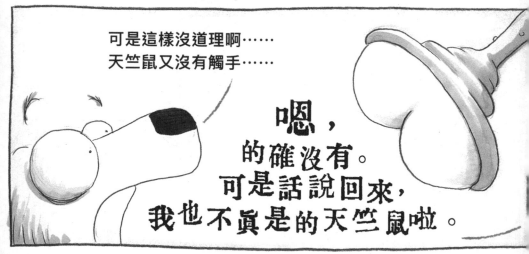

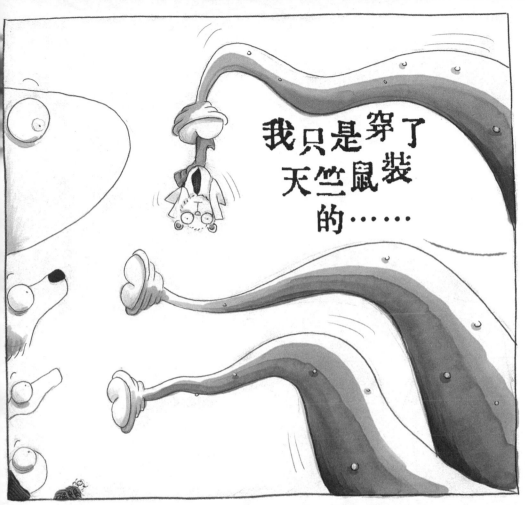

我只是穿了天竺鼠裝的⋯⋯

好的，我沒有驚慌失措唷。
只是，是有那麼一點點可能，
說不定橘子果醬博士真的是⋯⋯

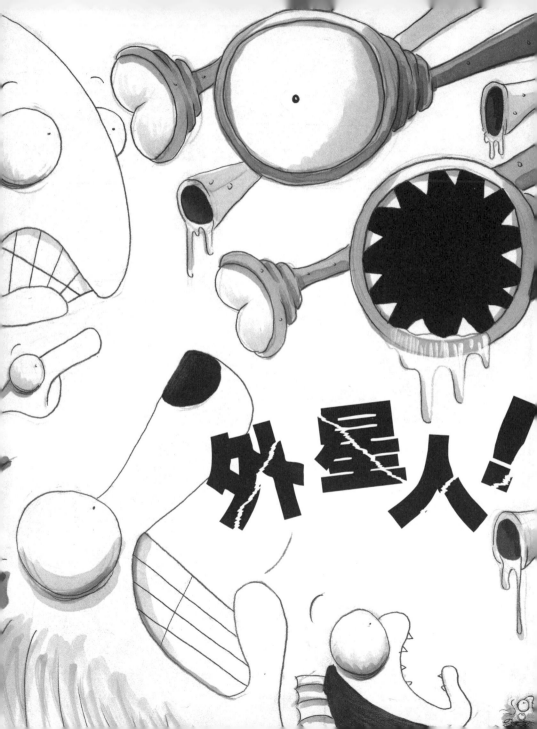

外星人！

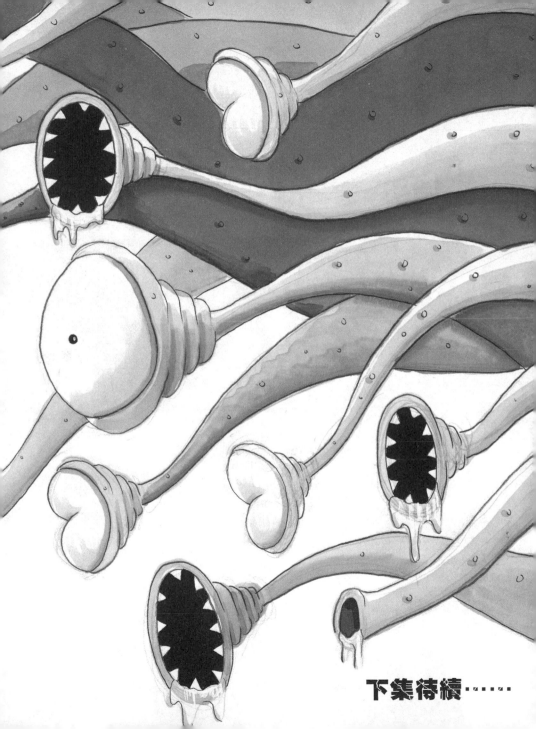

下集待續……

壞蛋們一個接一個消失了。

原來是被一個牙齒太多、屁股也太多的生物

抓走啦！

結局就是這樣嗎？也許吧，可是這樣好笑嗎？

你可以用屁股打賭，當然好笑咯！

壞蛋聯盟 6

即將可怕上市！